Analyse de l'œuvre

Par Hadrien Seret et Lucile Lhoste

1984

de George Orwell

lePetitLittéraire.fr

Rendez-vous sur lepetitlitteraire.fr et découvrez :

Plus de 1200 analyses
Claires et synthétiques
Téléchargeables en 30 secondes
À imprimer chez soi

GEORGE ORWELL

ÉCRIVAIN ANGLAIS

- **Né en 1903 à Motihari (Bengale)**
- **Décédé en 1950 à Londres**
- **Quelques-unes de ses œuvres :**
  - *Une histoire birmane* (1934), roman
  - *La Catalogne libre* (1938), récit
  - *La Ferme des animaux* (1945), roman

George Orwell (de son vrai nom Eric Arthur Blair) est un écrivain anglais né en 1903 à Motihari (Bengale). Après des études en Angleterre, il retourne aux Indes et s'engage dans la police impériale en Birmanie. Il démissionne en 1928 et décide de devenir écrivain. S'ensuivent des années d'errance à Paris et à Londres, où il côtoie les plus démunis (*Dans la dèche à Paris et à Londres*, 1933). Il occupe ensuite diverses fonctions (libraire, enseignant, chroniqueur) avant de s'engager dans la guerre civile d'Espagne contre les fascistes (*La Catalogne libre*, 1938).

Pendant la Seconde Guerre mondiale (1939-1945), il se consacre au journalisme et à l'écriture de ses romans les plus célèbres, *La Ferme des animaux* (1945) et *1984* (1949). Orwell meurt de la tuberculose à Londres en 1950.

1984

UN ÉLOGE DE LA LIBERTÉ D'EXPRESSION

- **Genre :** roman d'anticipation
- **Édition de référence :** *1984*, traduit de l'anglais par Amélie Audibert, Paris, Gallimard, coll. « Folio », 2005, 448 p.
- **1re édition :** 1949
- **Thématiques :** totalitarisme, politique, liberté, guerre, utopie, collectivisme

Contrairement à ce que l'on pourrait penser, *1984* n'a pas été publié en 1984 mais en 1949. L'œuvre se présente comme un roman d'anticipation, genre qui permet à l'auteur de donner une vision de l'avenir à travers l'histoire qu'il raconte. Celle qu'Orwell propose décrit un monde en guerre régi par trois superpuissances. L'auteur dépeint l'une d'entre elles, Océania, un univers totalitaire dirigé d'une main de fer par Big Brother et son Parti.

Critiquant une société falsificatrice où rien n'est permis et où le moindre écart est sanctionné, Orwell évoque les efforts de Winston Smith, un fonctionnaire, pour combattre le système à l'aide de ses souvenirs et de son amour. Le roman se clôt sur l'impossibilité d'apporter un quelconque changement et sur la destruction du héros par le régime.

RÉSUMÉ

UN MONDE SOUS SURVEILLANCE

L'action se situe en 1984, époque à laquelle le monde est divisé en trois superpuissances continuellement en guerre : Estasia, Eurasia et Océania. Cette dernière a comme ville principale Londres qui est dirigée par Big Brother et son Parti. Le peuple y jouit de peu de liberté. Chaque habitant y est en effet constamment surveillé par des micros et des télécrans capables de transmettre les informations du régime, ainsi que de surveiller leurs moindres faits et gestes. Quiconque ayant des pensées néfastes envers Big Brother est immédiatement arrêté et éliminé par la police de la Pensée. De plus, des denrées alimentaires aux lames de rasoir, tout est fourni et contrôlé par le Parti et ses quatre ministères, qui règlementent aussi les pratiques amoureuses et le novlangue, la langue nationale.

Fonctionnaire du Parti, Winston Smith vit à Londres et travaille au ministère de la Vérité, dans le commissariat des Archives, où il est chargé de falsifier l'histoire d'Océania ou de l'adapter aux derniers évènements survenus. Un jour, lors des Deux Minutes de la Haine, rituel quotidien au cours duquel tous les fonctionnaires hurlent leur mépris à Goldstein et à son groupuscule de la Fraternité, les ennemis jurés de Big Brother, il intercepte le regard de son collègue O'Brien : à travers celui-ci, Winston s'est convaincu qu'une autre personne pensait comme lui. Il ne se doute pas une seconde qu'il s'agit d'un piège. Depuis lors, chaque soir en rentrant chez lui, il écrit dans un cahier ses souvenirs et sa haine pour Big Brother.

À LA RECHERCHE DU PASSÉ

Malgré son aversion, Winston Smith parvient à vivre sans dévoiler à tous ses pensées subversives. Depuis qu'il a découvert une coupure de journal non retouchée par le régime, il est bien décidé à rechercher les traces d'un passé non falsifié. Néanmoins, les témoins de cette période antérieure sont difficiles à trouver : il en existe chez les prolétaires, classe contenant la majorité de la population, canalisée et méprisée par le Parti, car une révolution de sa part pourrait provoquer sa chute. Winston ne parvient toutefois à entrer en contact qu'avec des personnes dont la mémoire est peu précise.

Un jour, alors qu'il se promène, il entre chez l'antiquaire Charrington et achète un presse-papier de corail. En sortant de la boutique, Il se rend compte qu'il est suivi par une jeune fille aux cheveux noirs qui le surveille sans arrêt depuis des semaines. Winston craint aussitôt d'être dénoncé et capturé, mais celle qu'il prenait pour une espionne s'avère être membre du Parti. Cette jeune femme, Julia, est amoureuse de lui et, lorsque celui-ci prend conscience des sentiments qu'elle nourrit à son égard, ils s'arrangent tous les deux pour se voir dans des lieux où les télécrans et les micros ne risquent pas de les surprendre, et se donnent l'un à l'autre.

À la recherche d'un endroit sûr pour vivre son amour, Winston loue la chambre à l'étage supérieur du magasin d'antiquités. À l'abri de tout télécran, le couple y passe de bons moments, malgré la présence de rats dont Winston a une peur bleue. Bien que dangereuse et précaire, cette situation rend la vie du héros plus supportable, d'autant plus qu'il peut parler librement du passé avec Charrington.

LA FRATERNITÉ

Un jour, O'Brien profite d'un prétexte pour donner son adresse à Winston. Ce dernier se rend avec Julia à son domicile. Ils y apprennent qu'O'Brien est un membre actif de la Fraternité et leur propose de le rejoindre dans sa lutte contre le régime : ils acceptent. O'Brien fait alors parvenir à Winston un exemplaire du livre de Goldstein où sont expliqués les mécanismes du régime de Big Brother.

En réalité, O'Brien est un membre du Parti et a tout manigancé depuis le début : Goldstein et la Fraternité n'ont jamais existé, ce que ne tardent pas à découvrir Winston et Julia. En effet, alors que le couple se retrouve chez l'antiquaire après une semaine particulièrement exténuante, ils sont surpris par la voix d'un télécran caché dans la pièce. Charrington, qui était en réalité un policier de la Pensée, les arrête et les emprisonne. Winston est incarcéré et torturé au ministère de l'Amour.

Pour O'Brien, il est capital d'adorer Big Brother et d'accepter sa version du passé : il veut donc guérir Winston de la haine qu'il porte au chef du Parti et de son attachement au passé. Afin qu'il se plie et assimile totalement la logique du Parti au détriment de la sienne, O'Brien lui fait subir divers supplices, mais il ne parvient qu'à moitié au résultat escompté, car Winston est attaché à Julia et refuse de la trahir.

LA SALLE 101

Pour résoudre ce problème et ainsi conclure sa rééducation, O'Brien emmène Winston à la salle 101. Il est alors confronté à des rats qui lui mangent le visage, et, pour mettre un terme à ce calvaire, il finit par tout avouer : il trahit Julia, qui en fait de même de son côté. Vidé de sa personnalité d'origine, Winston est ensuite libéré.

Quelques jours plus tard, ce dernier rencontre Julia dans un café. Tous les deux ont entièrement changé et, n'éprouvant plus aucun sentiment l'un pour l'autre, ils décident de se séparer. En entendant une nouvelle sur un télécran, Winston prend conscience qu'il aime maintenant Big Brother. Sa guérison est complète : il peut désormais être fusillé.

ÉTUDE DES PERSONNAGES

WINSTON SMITH

Fonctionnaire du Parti âgé de 39 ans, Winston Smith travaille au commissariat des Archives où il est chargé de falsifier le passé pour le compte du régime. Il a été marié avec une femme, Catherine, avec qui il est séparé depuis dix ans au moment du récit. Il est également l'amant de Julia.

Protagoniste du récit, Winston endosse rapidement un rôle de rebelle. Sa contestation, dont il perçoit l'extrême danger, se déroule en deux temps :

- tout d'abord, par une dénonciation par l'écrit. En rédigeant dans son cahier des bribes de son passé ainsi que son rejet total de Big Brother, Winston se met automatiquement en porte à faux avec les lois et institutions mises en place par le régime. Il a néanmoins conscience de l'illégalité de son acte, raison pour laquelle il ne se consacre à ce travail que hors de portée de son télécran ;
- ensuite, par une dénonciation par l'adultère. En répondant positivement aux avances de Julia, Winston trahit activement l'idéologie du Parti. Il entretient des relations sexuelles avec une autre personne alors qu'il est encore officiellement marié et, pire encore, il le fait pour le plaisir. Les moments privilégiés, mais précaires, qu'il passe avec la jeune femme dans la chambre de Charrington sont l'occasion pour lui de fuir quelques instants le contrôle et l'oppression exercés par le leader d'Océania.

Emprisonné et torturé, il est guéri de la haine qu'il porte à Big Brother malgré sa résistance initiale et son amour pour Julia. Il est libéré quelque temps plus tard avant d'être abattu.

JULIA

Également fonctionnaire du Parti et âgée de 26 ans, Julia travaille à la commission des Romans où elle imprime des livres pour le compte du régime. Tout comme Winston, elle a des pensées divergentes concernant le Parti. C'est en remarquant cette caractéristique chez le héros qu'elle en tombe amoureuse.

Les actions de rébellion menées par Julia reposent essentiellement sur la perception de son image par le régime. Ainsi, elle participe à toutes les associations créées par ce dernier, fait des heures supplémentaires pour la gloire de Big Brother et se présente comme une ennemie acharnée de Goldstein. Tout ce dévouement envers le Parti lui permet de s'attirer sa sympathie au point d'être citée en exemple. Elle profite alors de sa réputation pour enfreindre les règles, notamment en couchant avec des membres du Parti ou en leur volant de la nourriture non contrôlée par le régime.

Contrairement à Winston, Julia fait preuve d'une grande ingéniosité, ce qui lui permet de mettre en place des ruses pour échapper à la vigilance de Big Brother. De plus, elle ne s'intéresse absolument pas au passé non falsifié : elle connait les vices du monde dans lequel elle vit et veut simplement partager des moments de bonheur avec Winston.

Arrêtée en même temps que ce dernier, elle cède également sous la torture. Ayant profondément changé, elle se sépare de Winston. Elle disparait ensuite sans que le lecteur ne sache réellement ce qu'il est advenu d'elle.

O'BRIEN

Haut fonctionnaire du Parti, O'Brien est un homme mystérieux et intelligent. Il est membre du ministère de l'Amour où son rôle est de guérir ceux qui ont commis un crime envers Big Brother. Dans *1984*, il revêt une importance capitale en tant qu'instigateur de la traitrise de Winston ainsi que de sa perte. C'est en effet lui qui, au moyen d'un seul regard, pousse Winston à tenir le journal dans lequel il couche sa haine envers le dirigeant d'Océania. Ayant acquis la confiance du héros par ce procédé, il utilise ensuite son influence pour le piéger.

Pour ce faire, il lui fait croire qu'il est membre de la Fraternité, un groupuscule dirigé par Goldstein, un ennemi qui veut renverser Big Brother. Ayant reçu l'assentiment de Winston (et de Julia) pour rejoindre la lutte, il enfonce le clou en lui faisant parvenir un livre écrit par Goldstein concernant le mode de fonctionnement du régime. En réalité, Goldstein n'est qu'une invention du Parti pour s'assurer un peu plus la fidélité de ses membres. Quant à l'ouvrage, il s'agit d'une fiction écrite en partie par O'Brien lui-même.

Lorsqu'il retrouve Winston, O'Brien se présente comme celui qui le délivrera des pensées malsaines qu'il formule à l'encontre de Big Brother. Malgré quelques difficultés, il parvient à convertir totalement le fonctionnaire à l'idéologie du régime. Son travail accompli, il le relâche.

BIG BROTHER

Chef du Parti et leader d'Océania, Big Brother n'existe pas en tant que tel. Il s'agit d'une image inventée par le Parti pour légitimer sa possession de tous les pouvoirs.

Les habitants vouent un véritable culte à cette icône du régime sans savoir que c'est une supercherie. Cet engouement autour de sa personne explique l'importance qu'il revêt dans leur vie. En effet, rien n'existait avant Big Brother qui est à la fois le passé, le présent et le futur d'Océania. Il est en outre omniscient, omnipotent et est aussi à l'origine de tous les bienfaits qui abondent dans le pays. Ses décisions sont toujours les meilleures et ne souffrent d'aucune contestation. Il est donc impossible de ne pas aimer Big Brother.

Pour renforcer ce sentiment d'adoration, des portraits du dirigeant ont été placardés un peu partout dans la ville, et les télécrans lancent sans cesse des slogans à sa gloire (par exemple : « Big Brother vous regarde »). Il est également célébré à travers des chants et des fêtes organisées pour lui rendre hommage (notamment durant la Semaine de la Haine).

En outre, toute personne éprouvant des pensées négatives à son égard est éliminée.

CLÉS DE LECTURE

GENÈSE DE L'ŒUVRE

George Orwell commence à écrire *1984* alors que la Seconde Guerre mondiale vient tout juste de prendre fin. Il ne s'agit pas là du premier conflit auquel doit faire face l'auteur. Homme de gauche, décidé à marquer de son empreinte le socialisme (il commence par dénoncer les conditions de vie d'ouvriers du Nord dans *Le Quai de Wigan*, 1936-1937, puis avance sa vision du socialisme dans l'article « Le lion et la licorne. Socialisme et génie anglais » datant de 1941, paru dans l'ouvrage *Dans le ventre de la baleine et autres essais*, 1931-1943), il subit un choc important lorsqu'il s'engage dans la guerre civile espagnole (conflit armé ayant opposé, entre 1936 et 1939, les partisans de la dictature de Franco et les révolutionnaires). C'est à cette époque qu'il découvre le totalitarisme dans ce qu'il a de plus négatif et qu'il connait de nombreuses désillusions vis-à-vis du système communiste, qu'il décide de dénoncer ensuite.

C'est en s'appuyant sur ces réflexions qu'est né *La Ferme des animaux*, un roman dans lequel les animaux d'une ferme chassent les humains pour en prendre le contrôle, avant de verser dans des travers totalitaires qui leur seront funestes. Ce roman marque pour Orwell la perte de ses idéaux, que certains personnages du roman partageront (le taureau Malabar ou l'âne Benjamin au premier titre) face aux inégalités infligées par les cochons Napoléon et Snowball.

Comme un prolongement de *La Ferme des animaux*, *1984* présente une critique du fascisme, du stalinisme et du nazisme, visant avant tout le totalitarisme sous-jacent à chacun de ces régimes. Le ton y est encore plus négatif : non seulement Winston perd toute illusion par rapport au régime, comme Orwell a perdu les siennes plusieurs années auparavant, mais surtout le totalitarisme d'Océania ne saurait être ni contesté ni détruit, comme le prouve la vaine tentative de Winston. *1984* apparait donc comme un roman particulièrement négatif dans lequel aucune solution ne semble exister pour mettre un terme aux dérives du régime du Parti.

1984, UNE DYSTOPIE DU TOTALITARISME EN 3 AXES

QU'EST-CE QUE LA DYSTOPIE ?

1984 est souvent considéré comme un roman appartenant au genre littéraire de la dystopie (ou contre-utopie). Il s'agit d'une notion opposée à celle d'utopie : alors que cette dernière décrit des modèles de société parfaite, la dystopie donne une vision – généralement futuriste – d'une société apparemment irréprochable, mais en réalité condamnable, car la vie y est un véritable enfer.

S'inspirant notamment de son expérience de la guerre civile d'Espagne, Orwell veut proposer une conception personnelle de ce que pourrait devenir le quotidien dans un État totalitaire. Il entend ainsi évoquer une société qui (pourrait ?) exister, sans savoir si ce sera vraiment le cas.

La suppression de l'individualité

À Océania, presque tout se fait en communauté : les fonctionnaires travaillent ensemble, mangent ensemble à la cantine et vont ensemble au rituel des Deux Minutes de la Haine. Le soir, lorsque leur journée de labeur est terminée, ils se rendent tous à des activités organisées par le Parti. Leur vie est ainsi entièrement dédiée au Parti, qui encourage même ses membres à travailler pour lui gratuitement durant leur temps libre.

Cette tendance à privilégier le collectif a deux conséquences :

- elle brime toute forme de créativité et de réflexion individuelle. Les habitants, à force de laisser le Parti régir leur vie, deviennent beaucoup plus naïfs et donc manipulables ;
- toute action personnelle devient suspecte et susceptible d'être dénoncée. C'est pourquoi Winston doit prendre des précautions extrêmes avant d'écrire ses pensées dans son cahier ou pour se rendre chez Charrington.

La suppression de la liberté

Conséquence directe de la suppression de l'individualité, la société d'Océania se caractérise par une absence totale de liberté :

- de mouvement, puisque toute personne est surveillée

dans ses allées et venues par des télécrans et des micros ;
* d'expression, étant donné que la seule opinion acceptée
  est celle délivrée par le Parti. Tout jugement négatif à
  l'égard de Big Brother est considéré comme un crime et
  est sanctionné par l'éradication. Pour éviter les incar-
  tades, le pouvoir supprime continuellement des mots du
  vocabulaire afin qu'on ne puisse plus dire que du bien du
  régime.

La suppression du bonheur humain

La vie organisée par le Parti est structurée de manière à
abolir tout bonheur véritable, c'est-à-dire toute félicité
ayant une origine humaine, cette dernière pouvant être à la
source de la ruine du régime de Big Brother. Par exemple,
le plaisir sexuel est strictement interdit ; l'acte charnel est
uniquement réservé à la procréation, et ce pour bannir tout
sentiment de contentement.

On trouve un autre exemple de cette suppression du bonheur dans la disparition de tout lien familial ou social : tout le
monde est considéré comme des camarades de Big Brother.
Les amis et la famille n'existent pas, et on ne se gêne pas
pour dénoncer un proche si celui-ci trahit le pouvoir.

Les seules joies que peuvent exprimer les habitants sont
relatives aux satisfactions artificielles fournies par le Parti :
agréments obtenus par la consommation de nourriture
spécifique (par exemple, le Gin de la Victoire), par l'écoute
de bonnes nouvelles au télécran ou par le culte sans limites
de la personnalité de Big Brother.

LE NOVLANGUE, UN OUTIL AU SERVICE DU PARTI

Le novlangue possède une fonction non négligeable dans l'organisation du système totalitaire. Comme les personnages impliqués finissent par le comprendre, « le véritable but du novlangue est de restreindre la pensée » (p. 79). Autrement dit, par ce langage, les autorités entendent empêcher les citoyens de penser quelque chose qui puisse être contre le régime. Pour parvenir à ce but, il faut abolir toute parole double : un mot ne doit plus désigner que ce qu'il doit désigner, et non faire penser par association d'idées à autre chose. En niant cette particularité du langage, le Parti contrôle véritablement les pensées. Il n'existe tout simplement plus de termes qui pourraient le déstabiliser, ni même de métaphores ou allégories pour rendre la pensée subversive de façon détournée.

Ce travail d'épuration de la langue n'est toutefois pas encore terminé, et l'ancilangue (la langue en place au moment de l'instauration de la dictature de Big Brother) côtoie encore le novlangue, avant sa disparition pure et simple prévue en 2050.

Les mots utilisés dans le novlangue sont souvent courts et faciles à prononcer, une simplicité qui permet leur apprentissage rapide par la population. Dépossédé de son sens et de sa raison d'être, le langage passe de non-sens en non-sens dans une parfaite impression de normalité. À titre d'exemple, voici un message adressé à Winston : « times 3-12-83 report ordrejour bb plusnonsatisf. ref nonêtres récrire entier soumhaut avantclassement » (p. 63). Il pourrait être traduit de la façon suivante : « Le rapport de l'ordre du jour de Big Brother, dans le journal *Le Times* du 3 décembre 1983, n'est pas satisfaisant et fait allusion à des personnes qui n'existent pas. Le réécrire dans son entièreté et le soumettre aux autorités compétentes avant l'envoi au classement ». Cet ordre, émis dans le cadre de son travail, lui impose de réécrire un compte-rendu paru dans *Le Times* (quotidien britannique) qui fait référence à un certain Withers, un membre éminent du Parti intérieur. Le mot « nonêtre », invention du novlangue, est particulièrement signifiant puisque sans ambigüité : Withers est mort (la raison n'en est pas expliquée), il n'apparait plus dans l'histoire d'Océana. Winston n'est pas particulièrement bouleversé par cette idée : il imagine presque immédiatement comment travestir l'article d'origine en « mensonge », pour que Withers n'y figure plus.

Le novlangue atteint son but en reniant totalement les fonctions du langage, même s'il en garde certains mécanismes, les seuls indispensables à la communication de base. Le but ultime du Parti est de parvenir à une version perfectionnée et définitive de la langue, là où la nôtre est appelée à évoluer sans cesse. La créativité que le langage permettait autrefois sera donc tout simplement annihilée, de même que la liberté de langage et, par extension, celle des individus.

LES THÈMES DE *1984*

Big Brother et le Parti :
les thématiques du pouvoir et du mensonge

Comme le révèle O'Brien à Winston, le Parti a mis en place une société dystopique dans le seul but d'obtenir le pouvoir de plein gré et pour ses propres fins.

Pour atteindre cet objectif, le régime a d'abord supprimé toute forme de liberté et d'indépendance chez ses habitants, et a ensuite créé un appareil capable de les contrôler : ce sont le Parti et ses ministères.

Ce totalitarisme une fois installé, il a fallu trouver des raisons qui légitimaient ce pouvoir. Ces dernières sont toutes inventées et mensongères :

- **l'état de guerre**. Dès le début de l'intrigue, Océania nous est présentée comme une nation en guerre. Le conflit semble tirer en longueur et ne pas avoir de fin. Il n'a en effet aucune raison d'exister. Il est en réalité provoqué par le régime pour détruire le surplus de ses productions et de population. En outre, les différentes victoires militaires annoncées par les télécrans permettent de susciter l'enthousiasme des habitants pour les actions de Big Brother ;
- **Goldstein et la Fraternité**. L'ennemi éternel et juré de Big Brother n'est lui aussi qu'une invention du Parti. Il donne l'occasion de légitimer les mesures de sécurité prises à Océania. De plus, en fournissant un motif de haine à sa population, le Parti renforce l'adoration de celle-ci pour

son dirigeant ;

- **le passé falsifié**. Le passé est constamment modifié par le pouvoir pour assoir son existence et sa légitimité dans le temps et dans les faits. Ainsi, ce que le peuple considère comme la vérité de l'histoire n'est qu'un mensonge savamment orchestré par le Parti.

L'utopie d'une période antérieure : les thèmes de l'amour et du passé véritable

À côté du passé travesti par le Parti, il existe une autre forme de passé que l'on découvre à travers le personnage de Winston Smith. Il s'agit du passé « d'avant », celui de la période qui s'est déroulée avant l'avènement de Big Brother et que le Parti veut faire disparaitre par la falsification.

Ce véritable passé est toujours présenté de manière positive : que ce soit dans les lieux (« le Paysage doré ») ou dans les objets (le presse-papier en corail), sa beauté est toujours mise en avant ainsi que son incorruptibilité par le régime. Orwell le pose comme l'expression d'un monde meilleur qui a existé mais que la politique de travestissement du pouvoir en place a relégué au rang d'utopie à oublier.

Le caractère spécifique et merveilleux du passé est renforcé par son rôle d'hôte de l'amour entre Winston et Julia. En effet, ces derniers ne laissent éclater leur passion que dans des endroits imprégnés d'histoire (la campagne et le magasin d'antiquités, ce dernier étant le lieu de mémoire par excellence).

Ainsi, la conjonction de cette utopie et de l'adultère dont on a déjà expliqué l'illégalité confirme la sensation de Winston de réaliser un « acte politique » (p. 170) contre le Parti.

1984, UN ROMAN ANTISTALINIEN ?

Pour élaborer sa dystopie, George Orwell s'est notamment inspiré de la dictature instaurée par Staline (homme d'État soviétique, 1878/1879-1953) entre 1929 et 1953. Les nombreuses similitudes que l'on retrouve entre les deux pouvoirs, conjuguées à la vision pessimiste proposée par l'auteur, font que *1984* a souvent été vu comme une critique du stalinisme. Et pour cause, il existe entre eux de nombreuses similitudes.

À l'époque de la rédaction du roman, Staline (1878/1879-1953) était le chef du parti communiste russe. Placé à la tête de l'Union soviétique, il a développé un véritable culte de sa personnalité. Pour gérer l'État, il s'est appuyé sur l'aide du bureau du parti qui appliquait la politique du régime avec l'aide de ses cadres. Les prolétaires, entièrement endoctrinés, travaillaient pour son compte. Il a également usé de la propagande afin de glorifier le régime et sa personne. Des films ont ainsi été réalisés, de même que des affiches et des livres qui vantaient les mérites du pouvoir, et des portraits idéalisés de Staline étaient distribués partout dans l'Union soviétique. Pour faire respecter les décisions prises par le régime, il a mis au point une police secrète prête à réprimer toute rébellion envers le pouvoir. Les opposants qui étaient arrêtés étaient envoyés dans des camps de travail (les goulags). Enfin la censure a été utilisée par le régime afin de supprimer les traces des personnes devenues gênantes, mais aussi de modifier l'Histoire.

Dans le roman, les habitants d'Océania vouent un véritable culte à Big Brother, le chef du Parti. Le Parti est donc à la tête du pouvoir, et les prolétaires ne sont guère plus qu'une masse contrôlée et neutralisée par le régime. Pour ce faire, celui-ci s'appuie sur une propagande orchestrée d'une main de maitre par le Parti. Outre les innombrables slogans (« Big Brother vous regarde »), on trouve de très nombreuses affiches dans l'espace public et privé – pour peu qu'il existe encore – représentant Big Brother. Le peuple est constamment surveillé par des télécrans et des micros. De cette manière, toute personne ayant un comportement suspect vis-à-vis du régime peut-être immédiatement arrêtée par la police de la Pensée. Celles-ci sont ensuite envoyées au ministère de l'Amour où elles sont torturées, endoctrinées, puis fusillées. Pour parfaire l'image idyllique que souhaite donner de lui-même le Parti, il falsifie le passé et supprime des archives toute information concernant les membres éliminés par le pouvoir.

POSTÉRITÉ DE *1984*

Considéré comme l'un des grands romans de la littérature d'anticipation, *1984* a influencé de multiples livres, films, bandes dessinées, jeux vidéo et même chansons. Au-delà de son caractère dystopique, c'est surtout la société décrite dans le roman qui a fasciné les lecteurs. Ceux-ci ont en particulier retenu la surveillance permanente à laquelle sont soumis les citoyens, ainsi que la figure de Big Brother qui est devenue un véritable modèle pour symboliser un

État oppresseur.

Le nom de Big Brother est depuis lors utilisé de manière générique pour désigner une personne ou une entité qui exerce une trop forte surveillance, analogue à celle du dictateur dans le roman. Ceci est en particulier criant dans notre société moderne où, grâce à Internet, les méthodes de surveillance se sont étendues.

Il existe même un prix Big Brother décerné dans divers pays à des personnes, institutions ou autres ayant dérogé de manière absolue au droit à la vie privée ou ayant poussé à une trop grande surveillance des individus. Chaque année, ce sont toute une série de noms qui sont ainsi « distingués ». À titre d'exemple, lors de l'édition de 2013, plusieurs entreprises ont été ciblées pour avoir tracé leurs employés, tandis que d'autres l'ont été pour avoir mis en place des systèmes permettant de récolter de manière plus ou moins affichée les données de leurs utilisateurs. Preuve en est de l'incroyable modernité de ce roman qui reste d'actualité malgré qu'il se soit écoulé plus d'un demi-siècle depuis sa publication.

PISTES DE RÉFLEXION

QUELQUES QUESTIONS POUR APPROFONDIR SA RÉFLEXION...

- En quoi *1984* fait-il du passé une utopie ?
- Comment le Parti s'y est-il pris pour légitimer son pouvoir ? Que pensez-vous de ces méthodes ?
- Pourquoi les fidèles du régime de Big Brother ont-ils pris la peine d'écrire le livre de Goldstein ? Quel intérêt et quels avantages ont-ils pu y trouver ?
- Quelle est, selon vous, l'utilité du novlangue ? Pourquoi a-t-il été créé ?
- Selon Orwell, « les intellectuels sont portés au totalitarisme bien plus que les gens ordinaires ». Commentez cette citation.
- Établissez des parallèles entre la société mise en scène dans le roman d'Orwell et les régimes totalitaires qui ont vu le jour dans la première moitié du XIXe siècle.
- Dans une autre contre-utopie célèbre du XXe siècle, *Le Meilleur des mondes*, Aldous Huxley (écrivain britannique, 1894-1963) imagine lui aussi ce que serait l'Angleterre du futur. La société totalitaire qu'il décrit n'est toutefois pas la même que celle d'Orwell. En quoi s'en distingue-t-elle ? Expliquez.
- Quels points communs peut-on trouver entre notre société et celle décrite dans *1984* ? La fiction d'Orwell risque-t-elle un jour de devenir réalité ?
- Pensez-vous qu'il existe un lien entre cet ouvrage et l'émission de téléréalité connue sous le nom de *Big Brother* ? Justifiez votre avis.

- Comment expliquez-vous le succès de ce roman ?

Votre avis nous intéresse !
Laissez un commentaire sur le site de votre librairie en ligne
et partagez vos coups de cœur sur les réseaux sociaux !

POUR ALLER PLUS LOIN

ÉDITION DE RÉFÉRENCE

* ORWELL G., *1984*, Paris, Gallimard, coll. « Folio », 2005.

ÉTUDES DE RÉFÉRENCE

* ARON P. et RIOT-SARCEY M., « Utopie », in ARON P., SAINT-JACQUES D. et VIALA A., *Le Dictionnaire du littéraire*, Paris, PUF, coll. « Quadrige », 2004.
* « Big Brother Awards France Qui surveillera les surveillants ? », in *Big Brother Awards*, consulté le 25 aout 2016, http://bigbrotherawards.eu.org/
* CALDER J., *Animal Farm & Nineteen Eighty-Four*, Milton Keynes, Open University Press, 1987.
* GALLOY D. et HAYT F., *De 1848 à 1945*, Bruxelles, De Boeck Wesmael, coll. « Du document à l'Histoire », 1994.
* « George Orwell », in *L'Express*, décembre 2004, consulté le 1er septembre 2016, http://www.lexpress.fr/culture/livre/george-orwell_809684.html
* HELMLINGER J., « *Mein Kampf* : George Orwell sur le front de la critique en 1940 », in *ActuaLitté*, consulté le 6 septembre 2016, https://www.actualitte.com/article/monde-edition/mein-kampf-george-orwell-sur-le-front-de-la-critique-en-1940/50772
* KADIU S., *George Orwell – Milan Kundera : individu, littérature, révolution*, Paris, L'Harmattan, 2007.
* KRIEG-PLANQUE A., « La "novlangue" : une langue imaginaire au service de la critique du " discours autre" », in *Academia.edu,* consulté le 1er septembre 2016, http://

www.academia.edu/2062941/_La_novlangue_une_
langue_imaginaire_au_service_de_la_critique_du_dis-
cours_autre_2012
- Nᴉᴄᴏʟᴀɪ R., « À propos du novlangue ou la double nature
du ventre d'Ashtaroh », in *Colloque International : « 1984 :
Orwell et la question du langage »*, 1984.

ADAPTATIONS

- *1984*, film de Michael Anderson, avec Edmond O'Brien,
Michel Redgrave et Jon Sterling, 1956.
- *1984*, film de Michael Radford, avec John Hurt, Richard
Burton et Suzanna Hamilton, 1984.

Le roman a également été porté au théâtre à plusieurs
reprises.

SUR LEPETITLITTÉRAIRE.FR

- Commentaire du chapitre 1 de *La Ferme des animaux* de
George Orwell.
- Fiche de lecture sur *La Ferme des animaux*.
- Questionnaire de lecture sur *1984* de George Orwell.

www.lepetitlitteraire.fr/

ISBN version numérique : 978-2-8062-8468-6
ISBN version papier : 978-2-8062-8469-3
Dépôt légal : D/2016/12603/405

Avec la collaboration de Lucile Lhoste pour les chapitres suivants : « Genèse de l'œuvre », « Le novlangue, un outil au service du Parti » et « Postérité de *1984* »

Conception numérique : Primento,
le partenaire numérique des éditeurs.

Ce titre a été réalisé avec le soutien de la Fédération Wallonie-Bruxelles, Service général des Lettres et du Livre.

Retrouvez notre offre complète sur lePetitLittéraire.fr

- des fiches de lectures
- des commentaires littéraires
- des questionnaires de lecture
- des résumés

ANOUILH
- Antigone

AUSTEN
- Orgueil et Préjugés

BALZAC
- Eugénie Grandet
- Le Père Goriot
- Illusions perdues

BARJAVEL
- La Nuit des temps

BEAUMARCHAIS
- Le Mariage de Figaro

BECKETT
- En attendant Godot

BRETON
- Nadja

CAMUS
- La Peste
- Les Justes
- L'Étranger

CARRÈRE
- Limonov

CÉLINE
- Voyage au bout de la nuit

CERVANTÈS
- Don Quichotte de la Manche

CHATEAUBRIAND
- Mémoires d'outre-tombe

CHODERLOS DE LACLOS
- Les Liaisons dangereuses

CHRÉTIEN DE TROYES
- Yvain ou le Chevalier au lion

CHRISTIE
- Dix Petits Nègres

CLAUDEL
- La Petite Fille de Monsieur Linh
- Le Rapport de Brodeck

COELHO
- L'Alchimiste

CONAN DOYLE
- Le Chien des Baskerville

DAI SIJIE
- Balzac et la Petite Tailleuse chinoise

DE GAULLE
- Mémoires de guerre III. Le Salut. 1944-1946

DE VIGAN
- No et moi

DICKER
- La Vérité sur l'affaire Harry Quebert

DIDEROT
- Supplément au Voyage de Bougainville

DUMAS
• Les Trois
  Mousquetaires

ÉNARD
• Parlez-leur
  de batailles,
  de rois et
  d'éléphants

FERRARI
• Le Sermon sur la
  chute de Rome

FLAUBERT
• Madame Bovary

FRANK
• Journal
  d'Anne Frank

FRED VARGAS
• Pars vite et
  reviens tard

GARY
• La Vie devant soi

GAUDÉ
• La Mort du
  roi Tsongor
• Le Soleil des
  Scorta

GAUTIER
• La Morte
  amoureuse
• Le Capitaine
  Fracasse

GAVALDA
• 35 kilos d'espoir

GIDE
• Les
  Faux-Monnayeurs

GIONO
• Le Grand
  Troupeau
• Le Hussard
  sur le toit

GIRAUDOUX
• La guerre de
  Troie
  n'aura pas lieu

GOLDING
• Sa Majesté des
  Mouches

GRIMBERT
• Un secret

HEMINGWAY
• Le Vieil Homme
  et la Mer

HESSEL
• Indignez-vous !

HOMÈRE
• L'Odyssée

HUGO
• Le Dernier Jour
  d'un condamné
• Les Misérables
• Notre-Dame
  de Paris

HUXLEY
• Le Meilleur
  des mondes

IONESCO
• Rhinocéros
• La Cantatrice
  chauve

JARY
• Ubu roi

JENNI
• L'Art français
  de la guerre

JOFFO
• Un sac de billes

KAFKA
• La Métamorphose

KEROUAC
• Sur la route

KESSEL
• Le Lion

LARSSON
• Millenium I. Les
  hommes qui
  n'aimaient pas
  les femmes

LE CLÉZIO
• Mondo

LEVI
• Si c'est un
  homme

LEVY
• Et si c'était vrai…

MAALOUF
• Léon l'Africain

MALRAUX
- La Condition humaine

MARIVAUX
- La Double Inconstance
- Le Jeu de l'amour et du hasard

MARTINEZ
- Du domaine des murmures

MAUPASSANT
- Boule de suif
- Le Horla
- Une vie

MAURIAC
- Le Nœud de vipères

MAURIAC
- Le Sagouin

MÉRIMÉE
- Tamango
- Colomba

MERLE
- La mort est mon métier

MOLIÈRE
- Le Misanthrope
- L'Avare
- Le Bourgeois gentilhomme

MONTAIGNE
- Essais

MORPURGO
- Le Roi Arthur

MUSSET
- Lorenzaccio

MUSSO
- Que serais-je sans toi ?

NOTHOMB
- Stupeur et Tremblements

ORWELL
- La Ferme des animaux
- 1984

PAGNOL
- La Gloire de mon père

PANCOL
- Les Yeux jaunes des crocodiles

PASCAL
- Pensées

PENNAC
- Au bonheur des ogres

POE
- La Chute de la maison Usher

PROUST
- Du côté de chez Swann

QUENEAU
- Zazie dans le métro

QUIGNARD
- Tous les matins du monde

RABELAIS
- Gargantua

RACINE
- Andromaque
- Britannicus
- Phèdre

ROUSSEAU
- Confessions

ROSTAND
- Cyrano de Bergerac

ROWLING
- Harry Potter à l'école des sorciers

SAINT-EXUPÉRY
- Le Petit Prince
- Vol de nuit

SARTRE
- Huis clos
- La Nausée
- Les Mouches

SCHLINK
- Le Liseur

SCHMITT
- La Part de l'autre
- Oscar et la Dame rose

SEPULVEDA
- Le Vieux qui lisait des romans d'amour

SHAKESPEARE
- Roméo et Juliette

SIMENON
- Le Chien jaune

STEEMAN
- L'Assassin habite au 21

STEINBECK
- Des souris et des hommes

STENDHAL
- Le Rouge et le Noir

STEVENSON
- L'Île au trésor

SÜSKIND
- Le Parfum

TOLSTOÏ
- Anna Karénine

TOURNIER
- Vendredi ou la Vie sauvage

TOUSSAINT
- Fuir

UHLMAN
- L'Ami retrouvé

VERNE
- Le Tour du monde en 80 jours
- Vingt mille lieues sous les mers
- Voyage au centre de la terre

VIAN
- L'Écume des jours

VOLTAIRE
- Candide

WELLS
- La Guerre des mondes

YOURCENAR
- Mémoires d'Hadrien

ZOLA
- Au bonheur des dames
- L'Assommoir
- Germinal

ZWEIG
- Le Joueur d'échecs